# ПЕКЛА

## Калекцыя з 72 Твораў Мастацтва

# Пекла
## Калекцыя твораў

### Дзіна Дзі Дзюрантэ

Першае выданне
10 9 8 7 6 5 4 3 2 1

Бібліятэка Кангрэса ЗША: VAu 1-189-270

ISBN-10: 1628790415
ISBN-13: 978-1-62879-041-2

Для аптовых заказаў накіроўвайце свае заяўкі:

Gotimna Publications, LLC
www.GotimnaPublications.com

Для набыцця прадметаў мастацтва звяртайцеся:

Epic Art Collections, LLC
www.EpicArtCollections.com

Я прысвячаю гэту работу
Дантэ Альг'еры,
настаўніку майго жыцця
і
маёй каханай Люсіі,
"Свету" майго жыцця,
якую я ўвекавечыў у
вобразе Беатрычэ

# Канчатковае

# Рашэнне

Дантэ Аліг'еры напісаў свой шэдэўр "Боская камедыя" паміж 1302 і 1321 гг. На працягу апошніх сямі стагоддзяў многія мастакі спрабавалі візуальна інтэрпрэтаваць яго праз малюнкі і карціны. Сярод іх Сандра Бацічэлі, Уільям Блэйк, Джавані Страдана, Франчэска Скарамуцца, Амос Націні, Гюстава Дарэ і вялікі Сальвадор Далі, і гэта мы пералічылі толькі нямногіх. Гюстаў Дарэ стварыў самую вядомую работу, упершыню апублікаваную ў 1861 годзе, а праз стагоддзе Сальвадор Далі зрабіў сваю інтэрпрэтацыю ў абстрактным жывапісу. Аднак, на думку італьянскіх дантолагаў, толькі адзін мастак, Сандра Бацічэлі, змог інтэрпрэтаваць камедыю правільна ў далёкіх 1480-х. Цяпер жа прыняў выклік сучасны мастак...

Дзіна Дзі Дзюрантэ, канцэптуальны мастак, узяў на сябе задачу ажывіць "Пекла" Дантэ на палатне. Яго ўвага сфакусіравалася не толькі на дакладнай інтэрпрэтацыі "Пекла" Дантэ Аліг'еры, але і на спробе выхаваць тых, хто незнаёмы з "Боскай камедыяй". Тут вы не ўбачыце ні чорна-белых літаграфій Дарэ, ні абстрактных карцін Сальвадора Далі, напісаных значна пазней. Замест гэтага Дзі Дзюрантэ прапануе багаты набор маляўнічых і старанна распрацаваных карцін, ніколі дагэтуль не апублікаваных. Яго глыбокае тлумачэнне "Пекла" пераўзыходзіць усіх іншых, хто спрабаваў адлюстраваць тое, што Дантэ Аліг'еры выказаў словамі сем стагоддзяў таму.

Візуальнас падарожжа Дзіна Дзі Дзюрантэ ў "Пекла" пачалося ў 2007 годзе з ідэі зрабіць графічны раман, які нсўзабаве перарос у кнігу ілюстрацый, якая была закончана ў 2014 годзе. Прычынай гэтай доўгай і карпатлівай працы стала тое, што Дзі Дзюрантэ з'яўляецца мастаком і арт-дырэктарам, які патрабуе ад сябе самаахвярнасці, пачуцця стылю і ўвагі да дэталяў. Частка яго шырокай калекцыі твораў мастацтва была выкарыстана ў анімацыйным фільме, які выйшаў адначасова на англійскай і італьянскай мовах пад назвай "Dante's Hell Animated" і "Inferno Dantesco Animato" ("Анім*іраванае Пекла Дантэ") адпаведна. Яго поўны ўнікальны зборнік 72 карцін быў выкарыстаны ў фільме "Пекла Дантэ" з удзелам больш за 30 знакамітасцяў, прафесараў і дантолагаў (Dantisti) са Злучаных Штатаў, Італіі і Ватыкана.

Натхняльныя візуалізацыі і прадстаўленні да эпічнай паэмы Дантэ Дзі Дзюрантэ ажываюць у гэтых фільмах. Глядач вандруе з Дантэ і Вяргіліем па розных узроўнях Пекла і паўстае перад захапляльным відам іранічнага падрабязнага апісання пакаранняў грэшнікаў. Рух разам з анімаванымі персанажамі дазваляе нам быць назіральнікамі падчас цёмнага плавання ў назаўжды пракляты свет. Цяпер усе творы Дзі Дзюрантэ можна ўбачыць у фільмах, згаданых вышэй у гэтай кнізе.

Дзіна Дзі Дзюрантэ паклаў шмат сіл у гэта дзіўнае мерапрыемства ажыўлення першай часткі "Боскай камедыі" Дантэ Аліг'еры ва ўсіх магчымых формах. Пасля некалькіх версій фільма, якія ён зрабіў, і кнігі, якую вы трымаеце ў руках, бессэнсоўна было б адмаўляць, што гэта ёсць работа сапраўднага кахання.

Перавярніце старонку і атрымлівайце асалоду!

Арманд Мастраяні
Кінарэжысёр / Прадусар

# Пралог

Мне было 6, калі я пачаў маляваць акварэллю, але вельмі хутка перайшоў на тэмперу, таму што любіў кантроль, які дае гэты тып фарбы. Я намаляваў герояў Дыснею на дрэве, так як я мог атрымаць гэты матэрыял бясплатна. Праз некалькі гадоў я перастаў маляваць і пачаў займацца музыкай, фатаграфіяй і гэтак далей. Пасля каледжа я зноў узяў у рукі пэндзаль і, на гэты раз з дапамогай акрылавых фарбаў і палатна, стаў пісаць у стылі вольнага жывапісу, таксама вядомага як абстрактны жывапіс.

"Боская камедыя" была кнігай, пра якую мая сям'я часта гаварыла і якую мы часта абмяркоўвалі. Я чакаў, пакуль у мяне не з'явіцца шанец "вывучыць" яе ў каледжы, калі я вучыўся ва ўніверсітэце Каліфорніі, у Лос-Анджэлесе. Я быў студэнтам інжынернага факультэта. У выніку я скончыў факультэт прыродазнаўчых навук, з дадатковай спецыяльнасцю па італьянскай літаратуры. Аднак, калі я ўпершыню прыехаў у Лос-Анджэлес, я не стаў шукаць і падбіраць сабе інжынерныя ўрокі, а пайшоў наўпрост выконваць агульныя патрабаванні для таго, каб запісацца на занятка па "Боскай камедыі", а потым і па ўсіх творах Дантэ Аліг'еры. Гэта былі самыя прыемныя моманты ў каледжы. "Боская камедыя" змяніла маё жыццё ў многіх адносінах. Я быў цалкам зачараваны, калі Дантэ сваёй рукой правёў мяне па ўсіх узроўнях замагільнага жыцця. Тым не менш, мне было вельмі складана візуалізаваць гісторыю, пазней я стаў карыстацца ілюстрацыямі Гюстава Дарэ, але яны часам уводзілі ў зман. Я не мог знайсці нічога іншага ў бібліятэцы на той момант, паколькі Інтэрнэту яшчэ не існавала.

Праз шмат гадоў я пачаў распрацоўку серыі графічнага часопіса пра "Пекла" Дантэ. Падчас гэтага ў мяне была магчымасць працаваць над фільмам, заснаваным на той жа тэме, пад назвай "Пекла Дантэ". Пасля таго, як я правёў некаторыя даследаванні, я зразумеў, што наяўнага візуальнага мастацтва недастаткова, каб зняць гэты фільм правільна. Такім чынам, я вырашыў змяніць курс, спыніў працу над серыяй часопісаў і пачаў новае падарожжа ў "Пекла", круг за кругам ад пачатку ("Цёмны Лес") да канца ("Зоркі Чысцеца").

Сандра Бацічэлі, які інтэрпрэтаваў "Боскую камедыю" амаль ідэальна ў 1480-х, стаў маім гідам пасля таго, як дантолаг Рыкарда Пратэзі зрабіў шэраг заўваг аб недакладнасцях маёй працы. Ён звярнуў маю ўвагу на тое, што я зрабіў некалькі памылак, якія варта было выправіць, калі я сапраўды хачу прапанаваць сур'ёзную прыстойную інтэрпрэтацыю "Пекла" Дантэ ў друку і кіно.

Так, калі Рыкарда стаў маім кансультантам-энтузіястам, я ўхапіўся за гэтую магчымасць таму, што ён любіць Дантэ не менш горача, чым я. Перш чым ён стаў часткай маёй каманды, я ўжо працаваў з Авецік Балаян, які дапамагаў мне з дызайнам сцэн, а таксама рабіў папраўкі, неабходныя для нараджэння на свет калекцыі ўнікальных карцін. Усе дэталі, багатыя колеры і дакладнасць узнаўлення былі дасягнуты дзякуючы ім, а таксама не без дапамогі эскізаў і карцін самога Сандра Бацічэлі.

Dino Di Durante

# Падзяка

Хочацца выказаць падзяку такой колькасці людзей, што гэтай старонкі можа не хапіць... Не толькі самой старонкі, але і слоў, здольных выказаць маю ўдзячнасць.

Перш за ўсё я павінен падзякаваць Богу за дадзеную мне дзіўную місію падзяліцца "Боскай камедыяй" з астатнім светам.

Дзякую Дантэ Аліг'еры, які разбудзіў мяне і паказаў мне рэальны свет і шлях, каб выявіць сябе і знайсці сваю місію ў гэтым свеце.

Дарагой Люсі, якой я не толькі прысвячаю ўсю сваю работу, але і дзякую ёй за любоў, падтрымку і тыя ўрокі, якім яна навучыла мяне па жыцці.

Маёй маці, за яе безумоўную любоў і падтрымку, дзякуючы якой я пачаў пісаць у раннім узросце, у 6 гадоў.

Карласу, які першапачаткова праклаў дарогу, каб я мог выканаць сваю місію ў жыцці.

Рыкарда Пратэзі, у прыватнасці, без якога гэта візуальная інтэрпрэтацыя "Пекла" Дантэ была б недакладнай.

Майму сябру і рэжысёру Арманду Мастраяні, які не толькі напісаў для мяне прадмову да гэтай кнігі, але і заўсёды быў побач, каб дапамагчы.

Прафесару Масіма Джавалелла, які быў адным з першых прыхільнікаў маёй работы, за заўсёды адчыненыя дзверы італьянскага дэпартамента ў Лос-Анджэлесе (Каліфарнійскі універсітэт, Лос-Анджэлес). Акрамя таго, за прадстаўленне часткі маёй работы ва уўніверсітэце "La Sapienza" ў Рыме, Італія.

Пабла Атчугарры за веру ў маю працу і за лагодную атмасферу яго Фонда на курорце Пунта-дэль-Эстэ (Уругвай), менавіта там я змог прадставіць 50 работ з майго мастацкага зборніка "Пекла" ў пачатку 2011 года.

Дарагому сябру Джэфу Конэвею, які стаў адным з першых прыхільнікаў і заклікаў мяне не здавацца, нягледзячы на доўгую і цяжкую працу.

Усім спецыялістам, якія ўхвалілі гэтую кнігу і параілі яе іншым.

Вользе Шуневіч за пераклад гэтай кнігі на беларускую мову.

І нарэшце, што не менш важна, я дзякую не толькі ўсім сваім супрацоўнікам, але і ўсім, хто быў часткай майго доўгага падарожжа.

Dino Di Durante

# Уводзіны

Мастацкая калекцыя "Пекла" Дантэ ўпершыню пабачыла свет у Фондзе Пабла Атчугарры, у курортным горадзе Пунта-дэль-Эстэ (Уругвай) з 12 студзеня па 28 лютага 2011 года. У той час калекцыя была не скончана, і толькі 50 твораў былі прадстаўлены на выставе.

Праз некалькі гадоў у мяне была магчымасць прадставіць амаль скончаную калекцыю на Comic Con у Сан-Дыега. Уся калекцыя "Пекла" Дантэ з 72 карцін запатрабавала 7 гадоў для поўнага завяршэння, пачынаючы з 2007 да канца 2014 года. Кожная ілюстрацыя мае больш, чым 50 версій, некаторыя нават больш, чым 100, і толькі адну фінальную канчатковую.

Кожная карціна, надрукаваная ў гэтай кнізе, ідзе з кароткім апісаннем, так што вы можаце лёгка сачыць за гісторыяй. Акрамя таго, QR-коды, надрукаваныя пад кожнай карцінай, можна сканаваць з дапамогай смартфона або планшэта, што дае яшчэ больш пераваг, каб зразумець гэтую складаную гісторыю. Пры сканіраванні жоўтага QR-кода вы можаце чытаць тэкст канкрэтнага ўрыўка падарожжа з нашай бясплатнай версіі кнігі "Пекла". Пры сканіраванні срэбнага QR-кода, вы атрымліваеце магчымасць купіць гэтую канкрэтную карціну розных памераў і на розных носьбітах.

Я шмат працаваў, каб зрабіць "Пекла" Дантэ даступным для вас, каб зразумець гэтую асветніцкую і вельмі складаную гісторыю. Для таго, каб выканаць гэтую задачу, я сам змясціў сябе ў "Пекла", каб усё ў ім разгледзець пад усімі магчымымі вугламі і візуалізаваць яго для вас у гэтай мастацкай калекцыі, з якой вы збіраецеся азнаёміцца. Зараз у вас ёсць магчымасць быць маім суддзёй, і абавязкова дайце мне знаць, ці дасягнуў я пастаўленай мэты.

Дантэ Аліг'еры напісаў свой літаратурны шэдэўр, "Боскую камедыю", для нас, каб мы маглі больш даведацца пра сваё ўласнае жыццё — пра мінулае, сучаснасць і будучыню. Цяпер, калі я падышоў да канца гэтага доўгага асветніцкага падарожжа, я спадзяюся, што мая праца вартая гэтага вялікага чалавека і візуальна перадасць вам яго ідэі, так што і вы зможаце знайсці мэту ў сваім жыцці.

Благаславі вас Гасподзь!

Dino Di Durante

Першы дзікі звер
Дарогу Дантэ заступае Рысь

Трэці дзікі звер

Дарогу Дантэ заступае ваўчыца

## З'яўляецца Вяргілій

Вяргілій абараняе Дантэ ад галоднай ваўчыцы

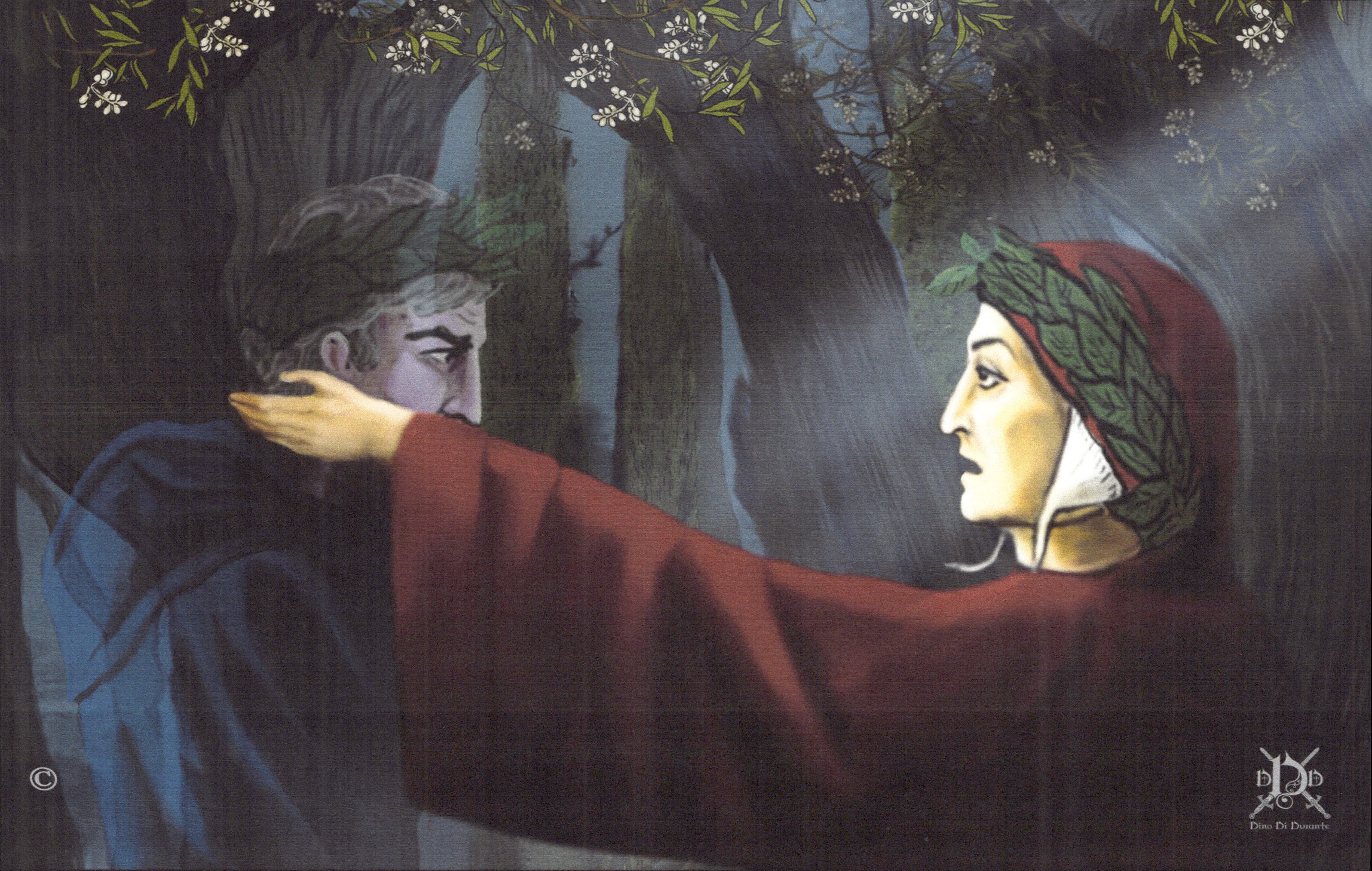

Дантэ абдымае Вяргілія

Дантэ здзіўлены з'яўленнем свайго героя

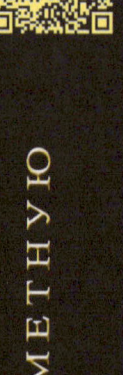

Беатрычэ спускаецца з Нябёсаў у Апраметную
Вяргілій назірае за гэтым у здзіўленні

Беатрычэ часткова матэрыялізавалася ў Апраметнай
Вяргілій кланяецца Беатрычэ

# Місія Вяргілія

Беатрычэ просіць Вяргілія правесці Дантэ праз Пекла і Чысцец

Увaход у Пекла - Кумы, Італія

Вяргілій і Дантэ глядзяць уніз, на ўваход у Пекла

Пякельныя вароты

Надпіс на гýрыце над увахо́дам: "Скрозь мяне́…"

**ПрахОд у ПЕкЛа**

Дантэ і Вяргілій ідуць у напрамку да Горада Болі

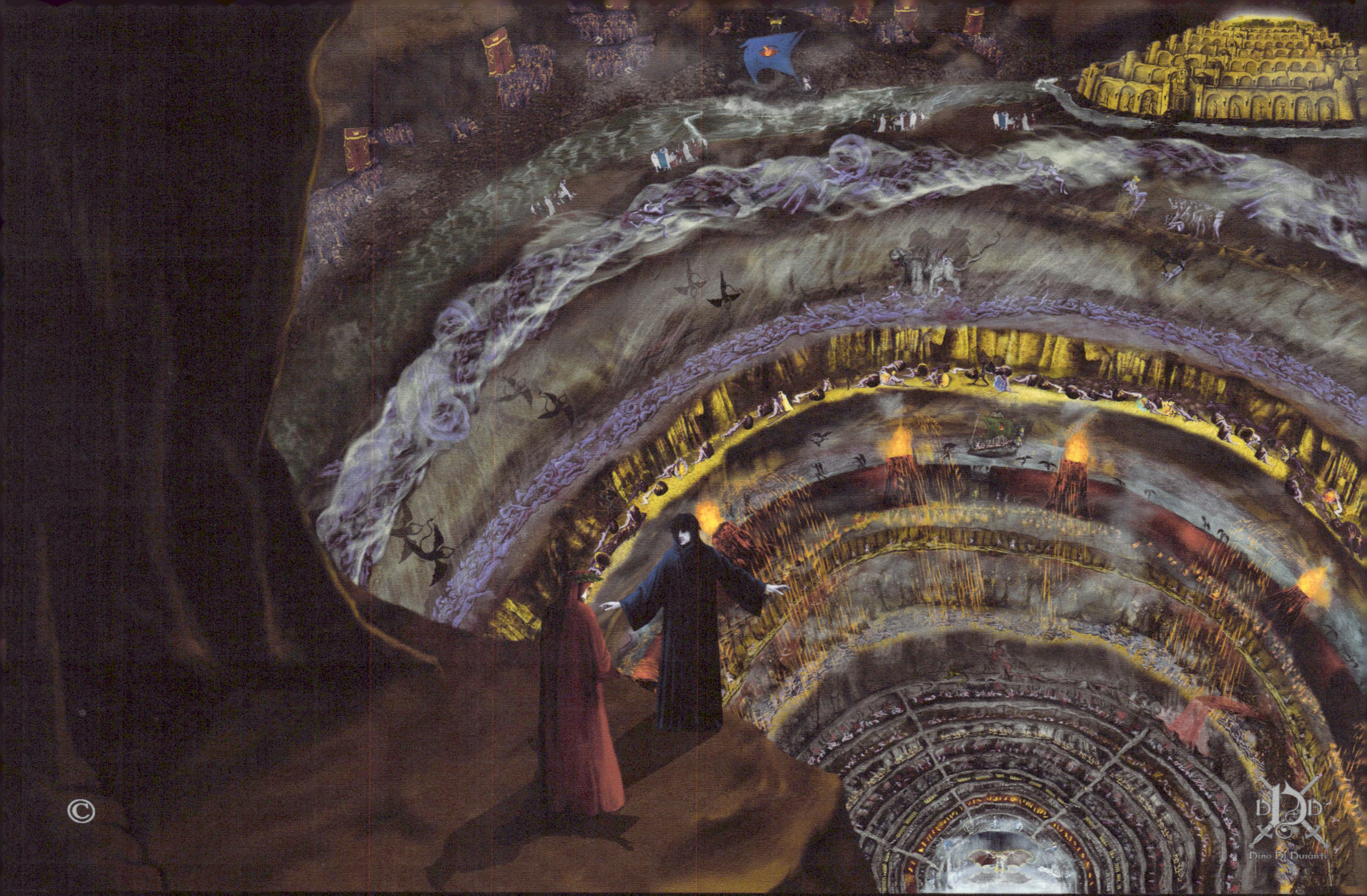

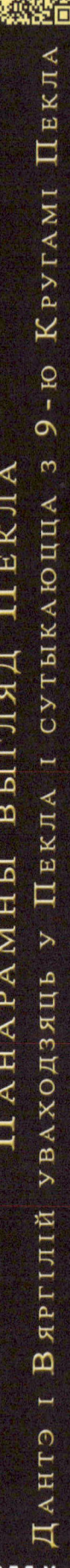

Панарамны выгляд Пекла

Схема Пекла

9 Кругоў і іх дзяленне

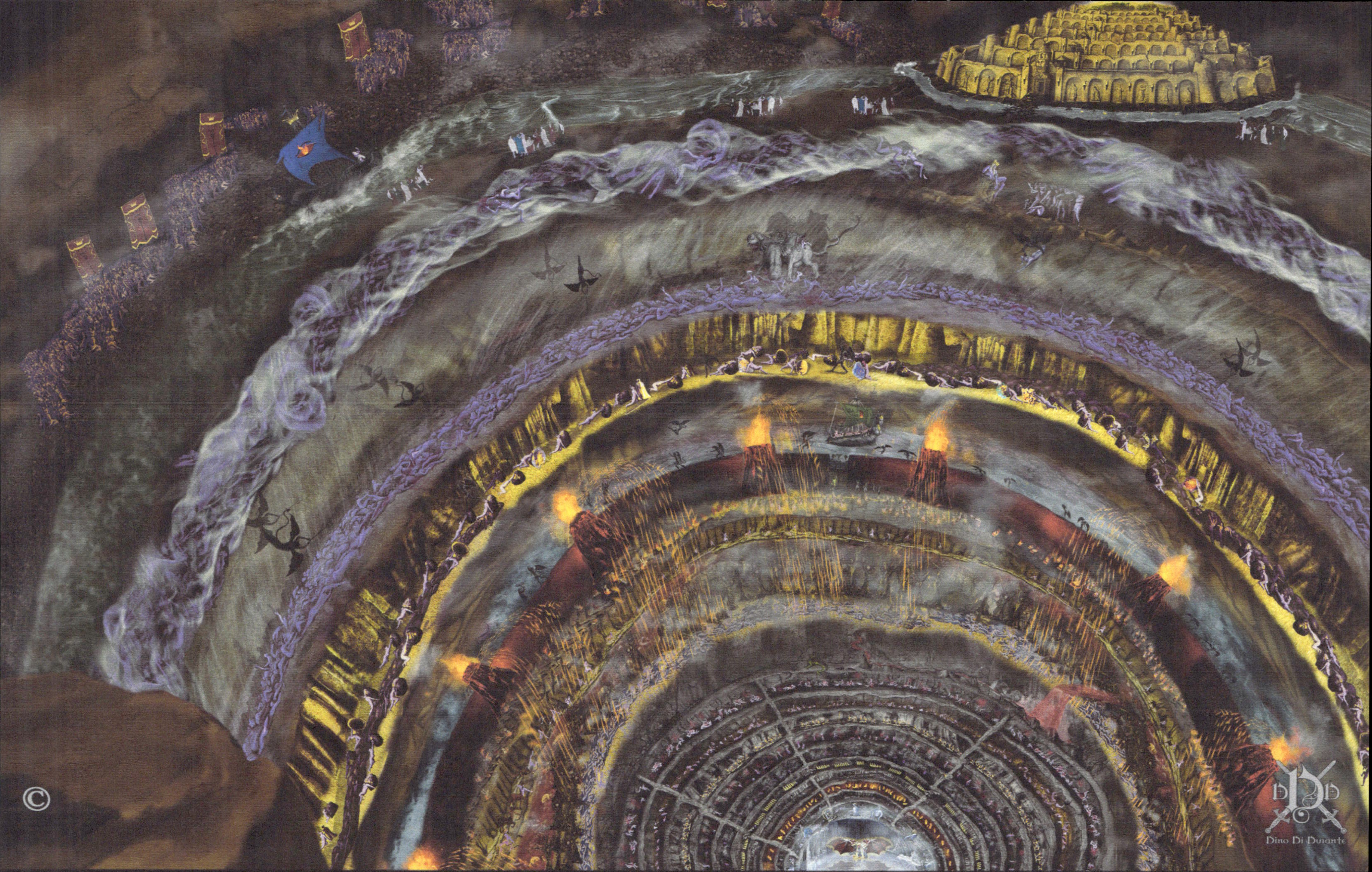

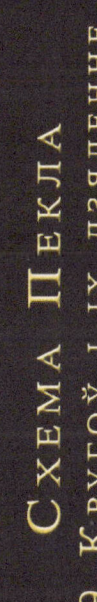

Лянота і грэшнікі

Чаканне перавозкі па рацэ Ахерон

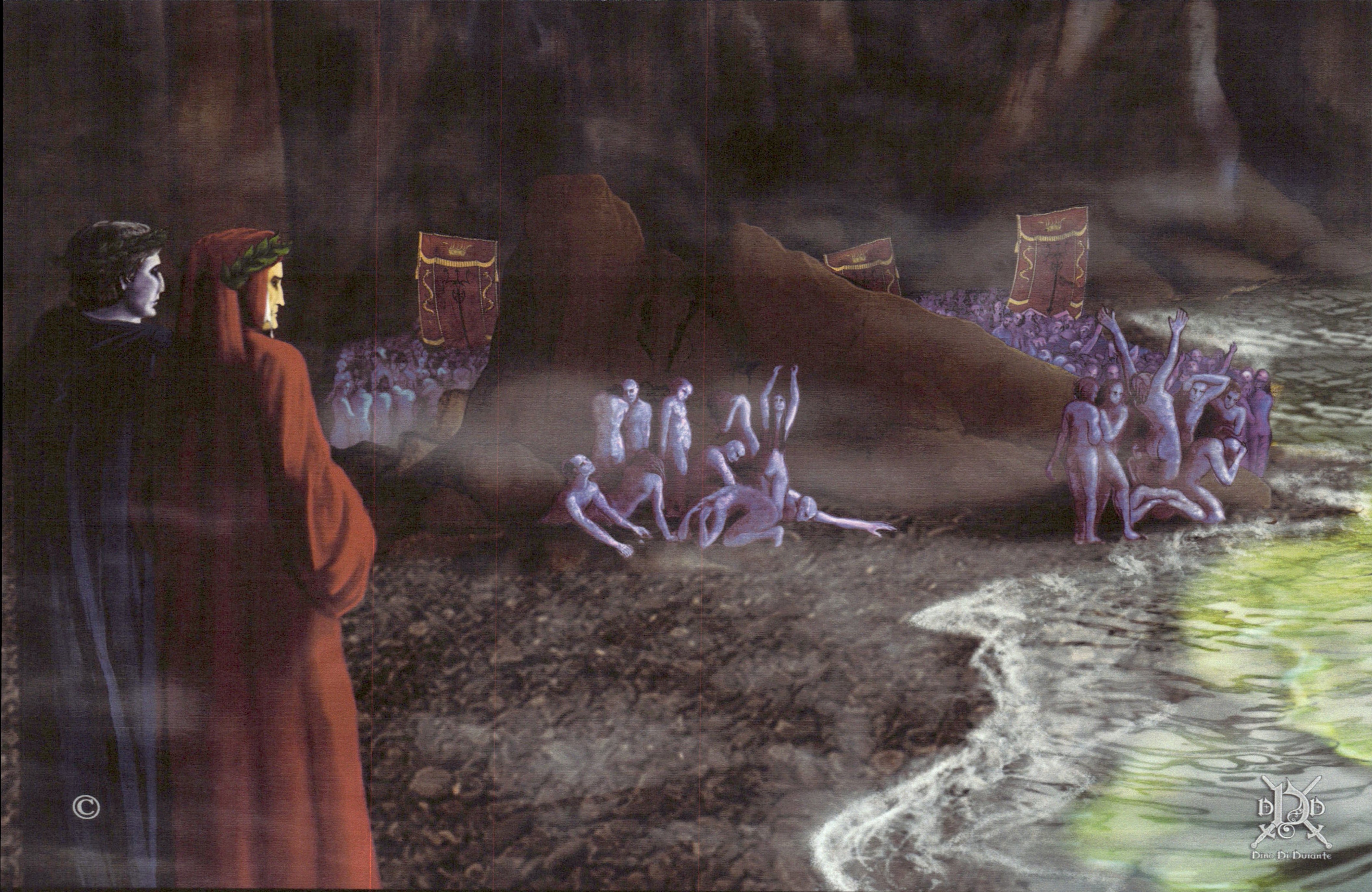

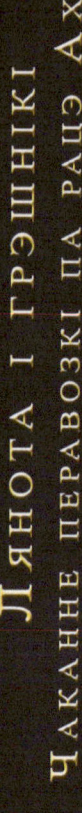

ХАРОН - ДЭМАН З БЛІСКУЧЫМІ ВАЧЫМА

Прыбывае Харон, каб перавезці грэшнікаў на другі бераг

Харон сутыкаецца з паэтамі
Дантэ спалоханы і хаваецца за Вяргілія

Дантэ траціць прытомнасць

Харон б'е грэшнікаў, Дантэ не можа стаяць і глядзець на іх пакуты

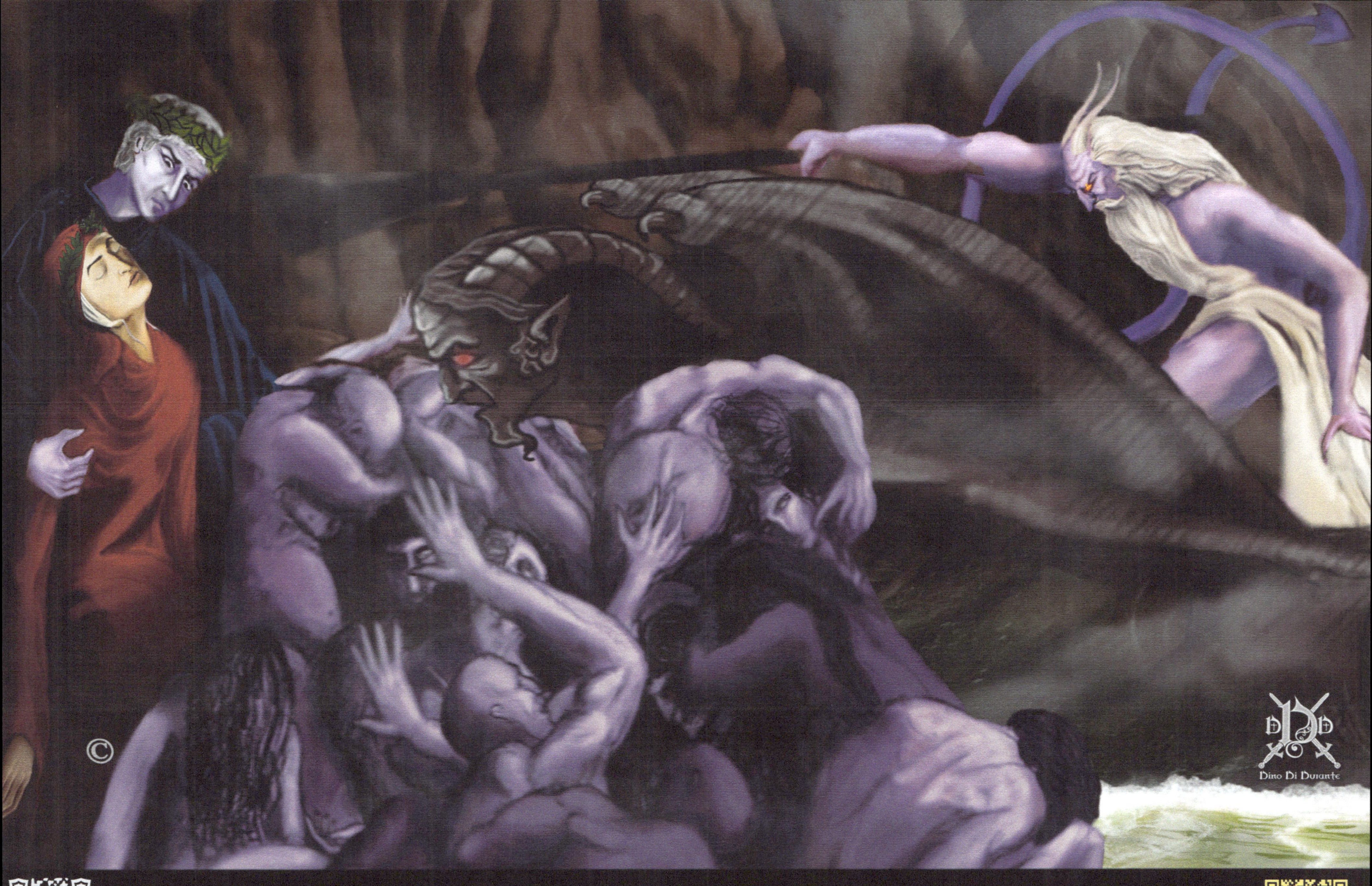

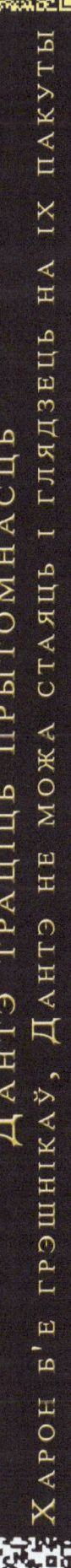

Дантэ падае

Ён знаходзіцца сярод грэшнікаў, яму дапамагае Вяргілій

На другім беразе ракі Ахерон

Харон перавозіць грэшнікаў, Дантэ і Вяргілія

1 Круг - Апраметная

Дантэ і Вяргілій падыходзяць да замка за сям'ю сцэнамі

**Вялікі эскорт**

Дантэ і Вяргілій уваходзяць у замак, іх суправаджаюць Гамер і іншыя паэты

Τερψιχόρη

Вялікія Душы ў Апраметнай

Дантэ і Вяргілій сустракаюць Сакрата, Юлія Цэзара, Арыстоцеля...

# Заваёўнік

Вялікі палкаводзец, які памілаваў Крыжакоў, якія пацярпелі паражэнне

**Мінас – Суддзя Пекла**

Грэшнікаў, якія прыбылі, судзяць і пасылаюць па прызначаных кругах

Dino Di Durante

2 Круг – Пажада
Клеапатра і Марк Антоній

2 Круг - Пажада

Дантэ траціць прытомнасьць перад Паола і Францэскай

3 Круг - Чрэвоўгоддзе

Вяргілій кідае бруд у Цэрбера, каб яго супакоіць

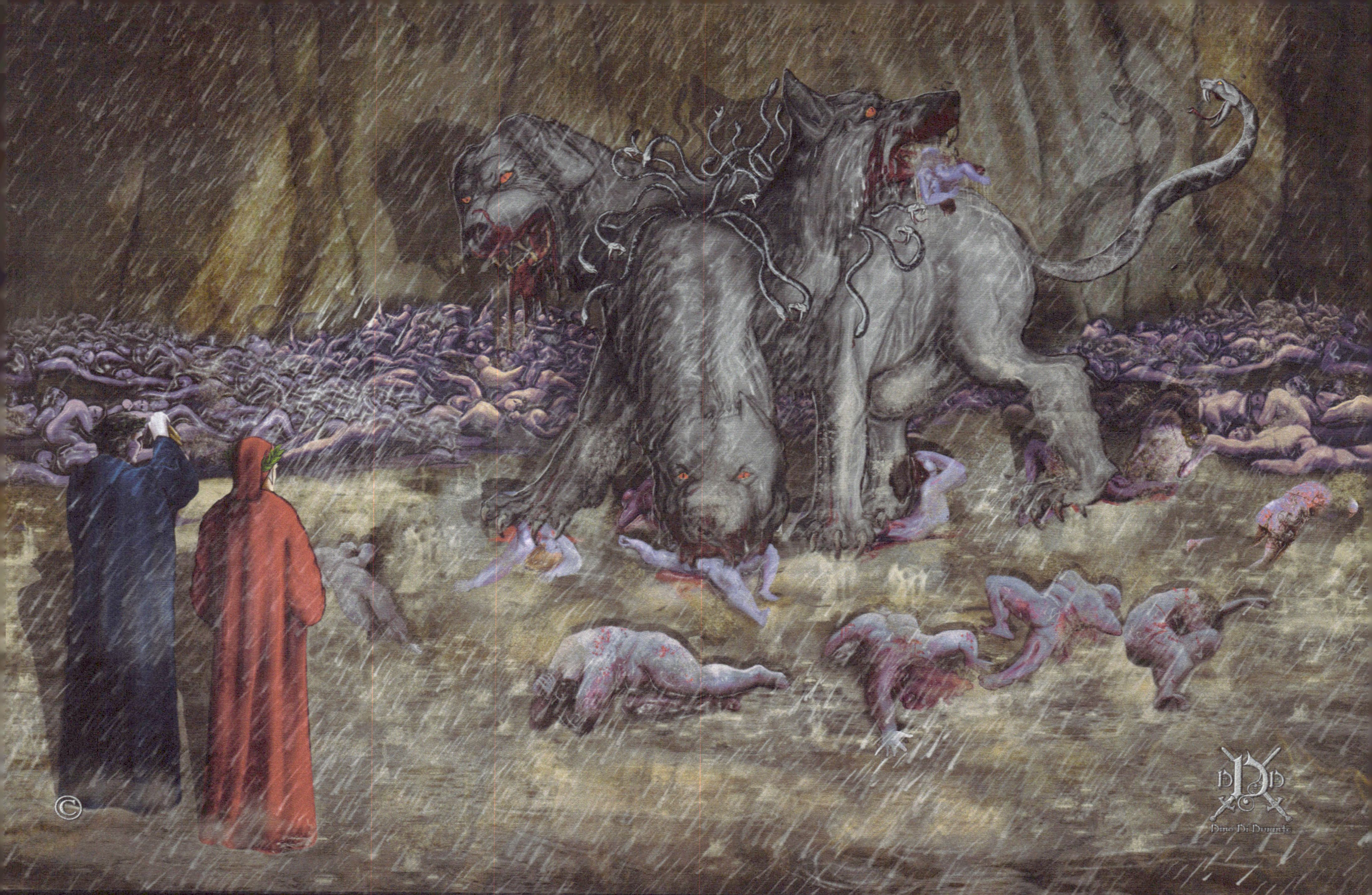

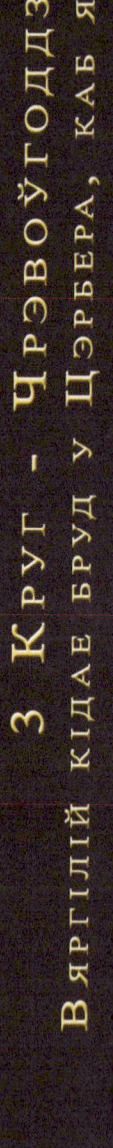

4 Круг — Захавальнік

Плутас у гневе ўскліквае: "Pape Satan, pape Satan Aleppe!"

4 Круг - Прагнасць і Блуд

Грэшнікі лаюцца паміж сабой і вяртаюцца назад

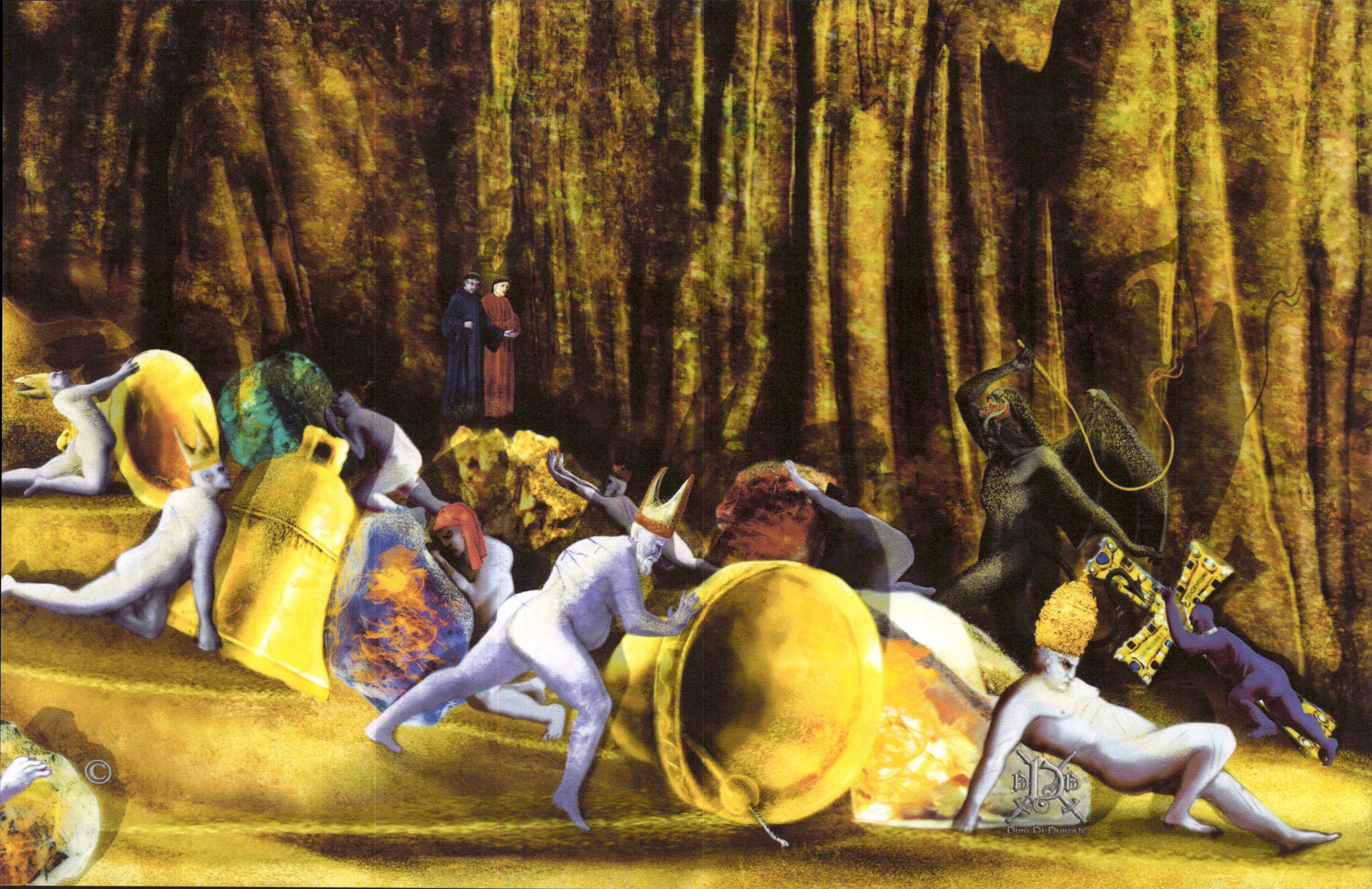

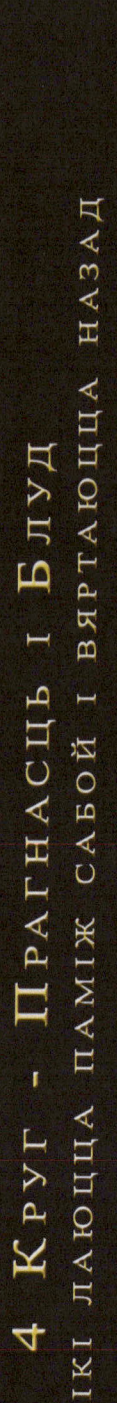

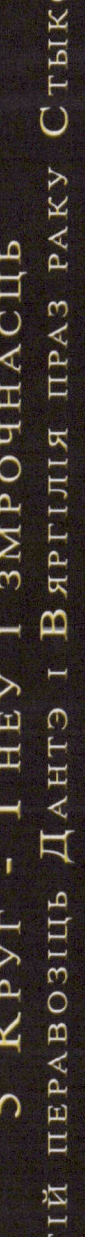

5 Круг - Гнеў і змрочнасць
Флегій перавозіць Дантэ і Вяргілія праз раку Стыкс

Тры фурыі з'яўляюцца над сіняй Дзіт

Яны пагражаюць паклікаць Медузу, і Вяргілій закрывае вочы Дантэ

Дэманы перакрываюць уваход у горад Дзіт
Вяргілій тлумачыць, што ў Дантэ ёсць заданне ад Бога

З'яўляецца пасланнік Бога

Ён ідзе па рацэ Стыкс да ўваходу ў Дзіт

А нёл выганяе ўсіх дэманаў і адкрывае дзверы ў Дзіт
Дантэ кланяецца, і абодва паэта трапляюць у Апраметную

Медуза і яе апошнія ахвяры

Закамянелыя целы Паладэкта і яго двараан

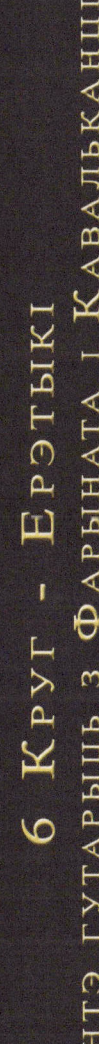

6 Круг - Ерэтыкі

Дантэ гутарыць з Фарынатам і Кавальканці

7 Круг, Вартавы гвалту

Мінатаўр пагражае Дантэ, калі яны спускаюцца з апоўзня

7 Круг - Апоўзень

Дантэ і Вяргілій спускаюцца, і іх сустракаюць Хірон і Несс

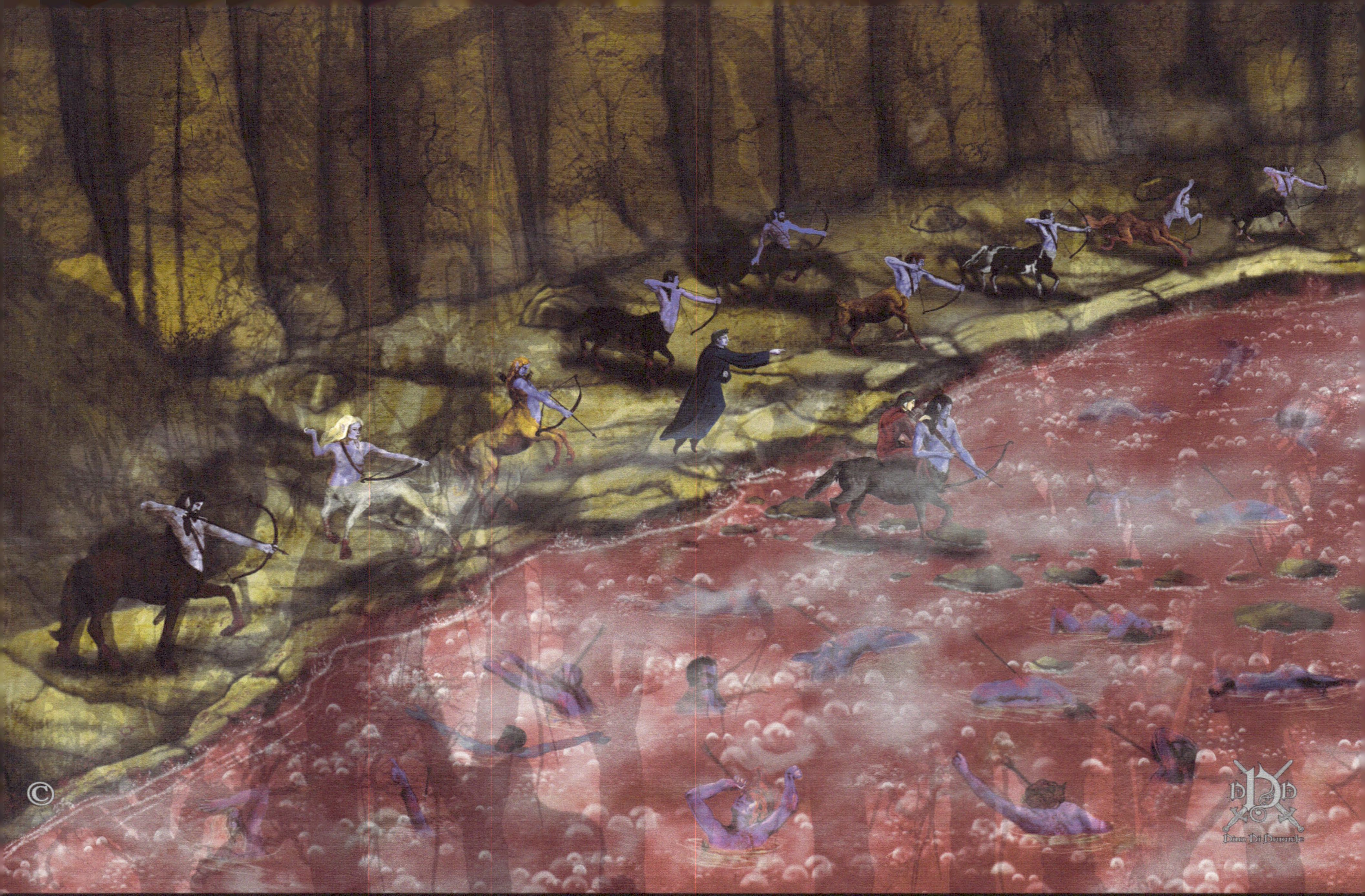

7 Круг: Першае кальцо - Забойцы ў кіпячай крыві

Вяргілій лунае, Несс пераносіць Дантэ праз раку Флегетон

7 Круг: Другое кальцо – Самагубства і марнатраўства
Дантэ ламае галінку, і П'ер дэла Вінья сыходзіць крывёй

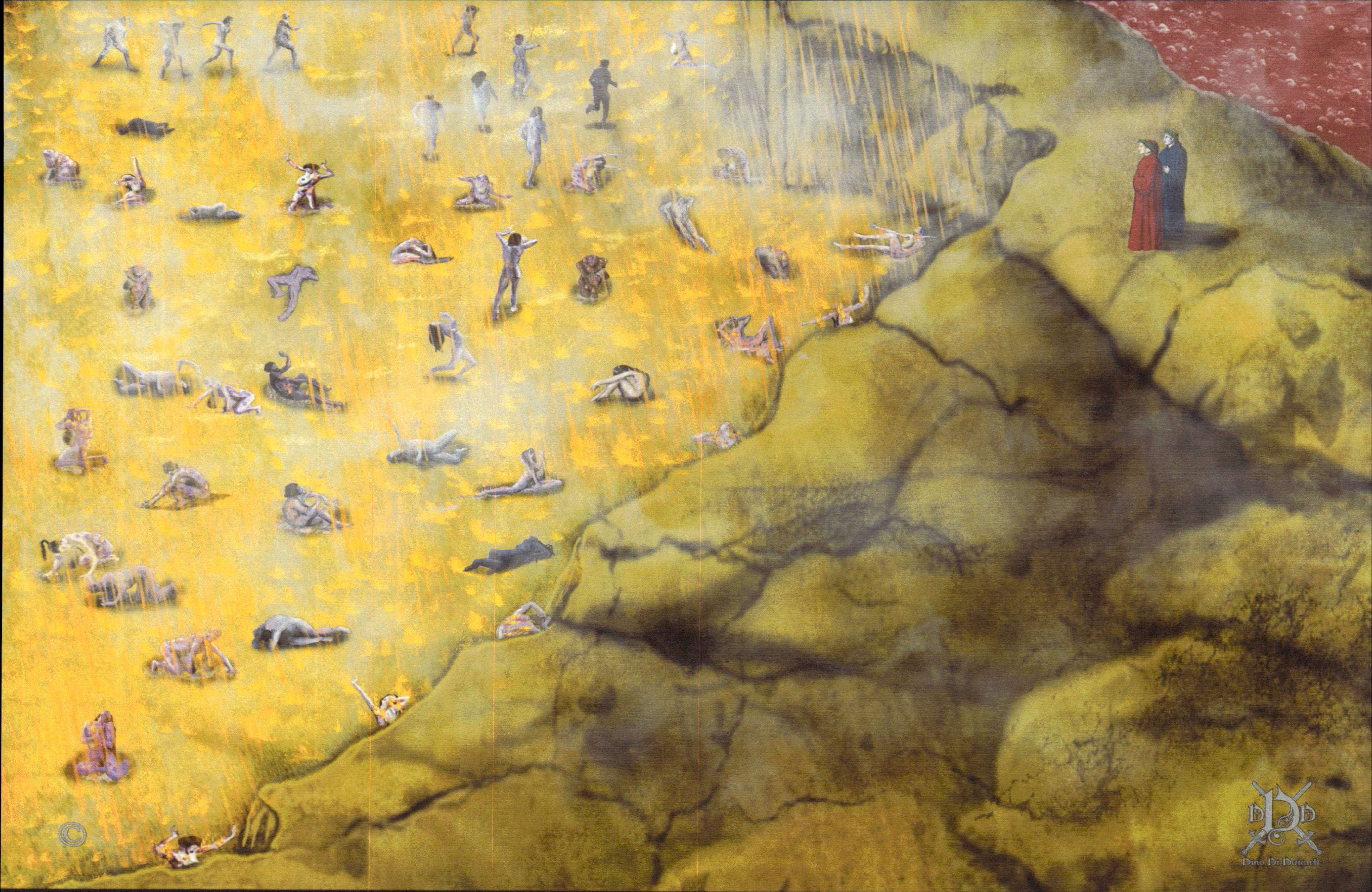


7 Круг: Трэцяе Кальцо - Вінаватыя пад вогненным даджджом
Блюзнеры, садаміты і ліхаздзірцы

Бездань

Вяргілій дае сігнал Герыёну, перакідаючы вяроўку Дантэ праз край

Дантэ і Вяргілій ляцяць на спіне Герыёна ў Злыя Шчыліны

З'яўляецца Герыён

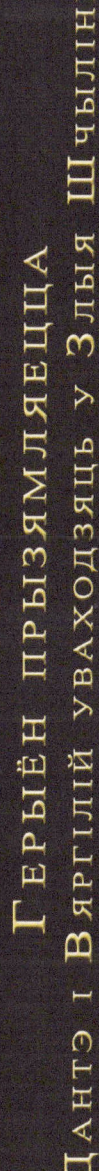

Герыён прыземляецца
Дантэ і Вяргілій уваходзяць у Злыя Шчыліны

8 Круг, Унізе Злыя шчылíны і 9 Круг

8 Круг, Злыя Шчыліны - Ашуканцы: 1-ы Роў

Зводнікі і звадчыкі, якіх бічуюць дэманы

8 Круг, Злыя Шчылíны – Ашуканцы: 2–í Роў
Лíслíвец у смуродным балоце

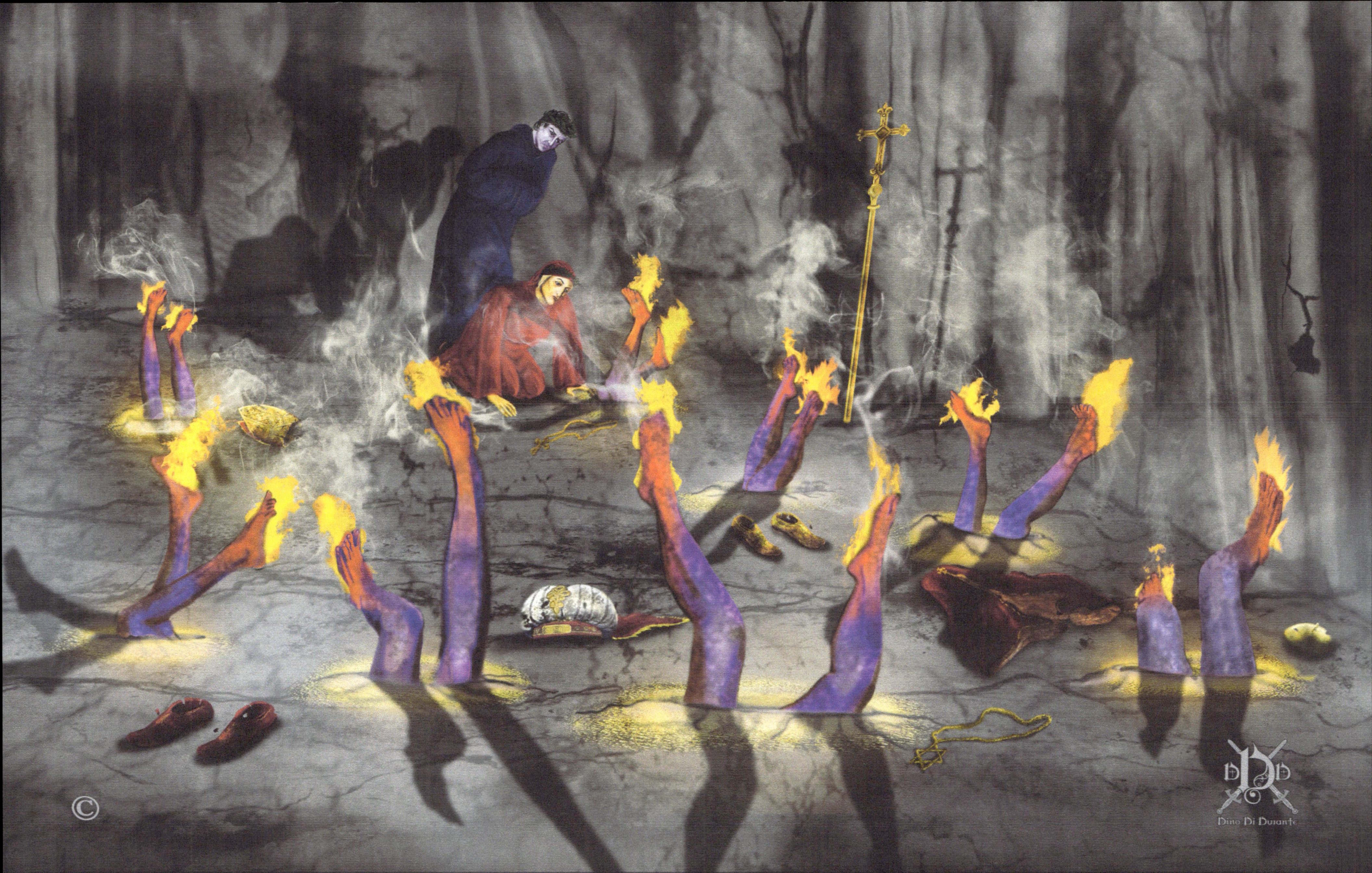


8 Круг, Злыя Шчыліны - Ашуканцы: 3-і Роў

Сіманісты, перакуленыя ўверх нагамі, іх ступні ў агні

8 Роў, Круг, Злыя Шчыліны – Ашуканцы: 4-ы Роў

Магі, астролагі і ілжэпрарокі

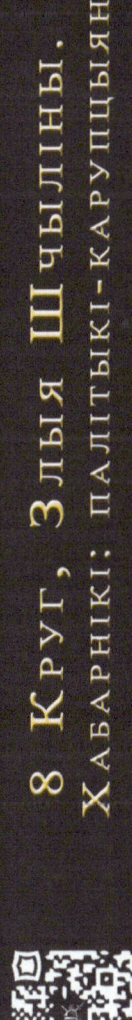

8 Круг, Злыя Шчыліны. – Ашуканцы: 5-ы Роў

Хабарнікі: палітыкі-карупцыянеры ў возеры кіпячай смалы

8 Круг, Злыя Шчыліны. - Ашуканцы: 6-ы Роў

Крывадушнікі: адны закутыя ў свінцовыя мантыі, а іншыя раскрыжаваныя

8 Круг, Злыя Шчыліны. – Ашуканцы: 6-ы Роў
Крывадушнікі: Вяргілій паказвае Дантэ выхад з каменнай глыбы

8 Круг, Злыя Шчыліны. – Ашуканцы: 7-ы Роў
Злодзеі бясконца ператвараюцца ў рэптылій і наадварот

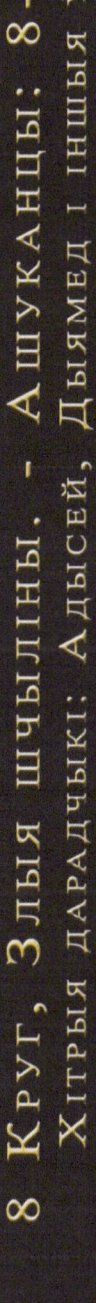

8 Круг, Злыя шчылíны. - Ашуканцы: 8-ы Роў
Хітрыя дарадчыкi: Адысей, Дыямед i iншыя ў агнí

8 Круг, Злыя шчыліны. - Ашуканцы: 10-ы Роў

Фальсіфікатары: алхімікі, фальшываманетчыкі, ілжесведкі і ашуканцы

Вартавыя 9 Круга

Гіганты: Эфіальт, Антэй і Брыарэй

9 Круг - Здраднікі

Граф Угаліна грызе галаву арцыбіскупа Руджьеры

9 Круг — Здраднікі

Люцыфер, па грудзі ў крызе, мучыць трох грэшнікаў

9 Круг - Здраднікі

Люцыфер мучыць Юду, Брута і Касія

Вялікія ўцёкі

Вяргілій пераносіць Дантэ на спіне да верхняй і ніжняй часткі цела Люцыфера

Уцёкі з Пекла на целе Люцыфера
Дантэ і Вяргілій з'яўляюцца ў Паўднёвым паўшар'і

Да выхаду

Дантэ і Вяргілій ратуюцца ад Люцыфера

Бліжэй да выхаду
Дантэ і Вяргілій прабіраюцца ў знешні свет

Пробліскі святла

Дантэ і Вяргілій бачаць святло з шчыліны

Набліжаючыся да святла
Дантэ і Вяргілій ідуць да святла

**Зоркі**

Дантэ і Вяргілій выходзяць, іх вядзе святло зорак

**Выхад у Чысцец**

Плаэты назіраюць Венеру і зоркі, якія адлюстроўваюцца ў моры

Небо

Сузіранне Паўднёвага Крыжа і Сузор'я Рыб

Калаж Пекла

Дантэ паміж Плутонам, Мінасам і двума самагубцамі

Armand Mastroianni
Presents
Dante's Hell Animated
A Film Produced and Directed by Boris Acosta
Artwork by Dino Di Durante
Eric Roberts
Nia Peeples
Vincent Spano
Jeff Conaway
Hélène Cardona
Al Sapienza
Shirly Brener
Rico Simonini
Vanna Bonta
Adrian Paul
www.DantesHellAnimated.com

Armand Mastroianni
presenta

# Inferno Dantesco Animato
## Regia di Boris Acosta

Vittorio **Gassman**   Franco **Nero**   Vittorio **Matteucci**   Silvia **Colloca**   Marco **Bonini**   Cosimo **Fusco**

Veronica **De Laurentiis**   Susanna **Cappellaro**   Arnoldo **Foà**   Simona **Caparrini**   Mario **Opinato**

Sceneggiatore - Dante Alighieri
Adattamento - Dino Di Durante
Produttore - Boris Acosta
Musica - Aldo De Tata e Maria Eolani
www.InfernoDantescoAnimato.com